Pour Melvina, ma grand-mère, qui m'a conseillé d'écrire un livre comme celui-ci, et à qui j'ai répondu : « Jamais de la vie ! »

H. B.

Pour Arthur Rackham. Qu'il continue à en inspirer d'autres comme il m'inspire, moi.

T. D.

Sommaire

LES CHRONIQUES DE

SPIDERWICK

LIVRE QUATRIÈME

Tony DiTerlizzi et Holly Black

L'ARBRE DE FER

Traduit de l'anglais (États-Unis)
par Bertrand Ferrier

POCKET
jeunesse

Titre original :
THE SPIDERWICK CHRONICLES
The Ironwood Tree

Loi n° 49-956 du 16 juillet 1949
sur les publications destinées à la jeunesse : mars 2005

ISBN : 2-266-13848-0

Illustrations

Cher lecteur,

Tony et moi sommes amis de longue date. Enfants, nous partagions la même fascination pour le monde des fées ; mais nous n'avions pas compris jusqu'où elle pouvait nous entraîner !

Un jour, nous avions tous les deux rendez-vous pour dédicacer nos livres dans une grande librairie. À la fin, un libraire s'est approché de nous et nous a dit :

— Quelqu'un a laissé une lettre pour vous.

Tu as une copie de cette lettre sur la page de droite.

Intrigués, nous y avons jeté un œil. Nous avons rapidement griffonné un mot à l'intention des enfants Grace, et nous l'avons remis au libraire.

Peu après, on m'a livré un paquet, entouré d'un ruban rouge. Quelques jours plus tard, Mallory, Jared et Simon sont venus me raconter leur histoire - cette histoire que vous allez lire à présent.

Ce qui est arrivé ensuite ? Difficile à résumer ! Tony et moi nous sommes retrouvés plongés dans un univers auquel nous ne croyions plus depuis longtemps. Et nous avons compris qu'il existe bel et bien un monde invisible autour de nous.

Nous espérons, cher lecteur, que, grâce aux aventures des enfants Grace, tu apprendras à le découvrir et à l'apprécier.

HOLLY BLACK

Chère madame Black, cher monsieur DiTerlizzi,

Je sais que beaucoup de gens ne croient pas aux fées. Moi, j'y crois ; et quelque chose me dit que vous aussi. J'ai lu vos livres, j'ai parlé de vous à mes frères, et nous avons décidé... de vous écrire. Nous connaissons des fées. Des vraies. Et nous les connaissons bien.

Vous trouverez ci-joint une photocopie d'un vieux grimoire que nous avons trouvé dans le grenier de notre maison. Pardon si la photocopie n'est pas très belle : nous avons eu du mal à la faire !!!

Le grimoire raconte comment reconnaître les fées et comment se protéger d'elles. Nous avons pensé que vous pourriez donner ce livre à votre éditeur. Si cela vous intéresse, dites-nous où vous contacter en laissant un mot au libraire qui vous a remis cette lettre. Nous nous arrangerons pour vous faire parvenir l'ouvrage. Pas question d'utiliser la poste : c'est trop dangereux.

Nous voulons que les gens soient au courant de ce qui s'est passé, car cela pourrait leur arriver aussi !

Bien sincèrement,

Mallory, Jared et Simon Grace.

DÉCHARGE
CAMPEME
PONT
DOMAINE SPIDERWICK
RUE DE ROUNTREE
ROUTE DU LAC
BOSQUET

VERS LA VILLE
CARRIÈRE DÉSAFFECTÉE
ÉCOLE PRIMAIRE ET COLLÈGE WATERHOUSE
ALLÉE RIGGENBACH
LE ROBINSON
N
Carte de
SPIDERWICK
et
de ses environs

« C'est une carrière abandonnée ! »

Chapitre premier

Où l'on assiste à un combat et à un duel

Le moteur de la voiture ronronnait.

Appuyée contre la portière arrière, Mallory regardait nerveusement autour d'elle. La blancheur éclatante de ses chaussettes tranchait avec le gris de ses vieilles baskets. Elle avait lissé ses cheveux et s'était fait une queue de cheval si serrée qu'elle étirait ses yeux en amande. Les mains sur les hanches, Mme Grace s'impatientait, côté chauffeur.

Soudain, Jared courut vers elles.

— Je l'ai trouvé ! annonça-t-il, haletant.

— Simon ! s'exclama leur mère en voyant arriver le garçon. Où étais-tu passé ? Nous t'avons cherché partout !

— J'étais à l'écurie, répondit-il. Je m'occupais d'un... d'un oiseau que j'ai trouvé.

Il avait l'air gêné. Il n'avait pas l'habitude de mentir : le spécialiste, dans ce domaine, c'était Jared, son jumeau. Or, l'oiseau dont Simon venait de parler était un griffon[1]...

— On aurait dû laisser Simon où il était, maman ! siffla Mallory.

— J'ai dit : « Tout le monde vient voir ton match d'escrime », alors tout le monde vient, trancha sa mère d'un ton sec. Montez vite, nous ne sommes pas en avance.

— On dit pas un « match », grommela la jeune fille, on dit une « compétition ».

1. Lire, du même auteur, dans la même collection, *La Lunette de pierre*, t. 2.

Elle prit place pendant que Mallory allait mettre son sac dans le coffre. Jared remarqua qu'elle était plus... musclée que d'habitude. Plus grosse.

— Qu'est-ce que tu as, là ? demanda-t-il en montrant sa poitrine.

— Tais-toi ! lâcha sa sœur.

— C'est comme si tu avais deux...

— Tais-toi ! répéta Mallory. Je me protège. Pas le choix.

Ils montèrent en voiture, la championne d'escrime s'installant sur le siège avant.

Jared souriait. Sa sœur avait donc fini par accepter l'idée que leur nouvelle maison était entourée de créatures extraordinaires – des trolls, des gobelins, des griffons, des farfadets, des elfes... Pour se protéger, il fallait porter du rouge et mettre ses vêtements à l'envers. Ça ne suffisait

pas à tous les coups; et ce n'était pas toujours d'une très grande élégance !

Depuis quelque temps, la magie semblait avoir déserté le domaine de Spiderwick. En fait, il n'y avait plus eu d'incident après que l'eau du robinet était devenue imbuvable (on aurait cru de l'alcool[1]) ! Sans s'étonner, Mme Grace avait décrété que la source était contaminée. En attendant que la vieille plomberie du manoir fût révisée, il fallait ramener de lourds bidons d'eau du supermarché.

1. Lire, du même auteur, dans la même collection, *Le Secret de Lucinda*, t. 3.

Heureusement, Jared pouvait se prouver n'importe quand qu'il n'avait pas rêvé : dans l'écurie se trouvait un griffon. C'était l'une des créatures magiques dont parlait le *Guide du monde merveilleux qui vous entoure*, écrit par son arrière-grand-oncle Arthur Spiderwick...

— Arrête de mâchonner ta queue de cheval ! lança Mme Grace à sa fille. Je ne t'ai jamais vue aussi nerveuse...

— Je ne suis pas nerveuse, prétendit Mallory en frissonnant.

Mais elle l'était.

Quand ils habitaient New York, tout était plus simple. Lors des compétitions, les escrimeurs s'habillaient à leur guise, et les points

« Je suis sûre que tu lui plais... »

étaient comptés par des gens placés derrière les tireurs. Ils levaient la main quand ils jugeaient qu'un point avait été marqué.

Dans le nouveau collège des enfants Grace, chaque escrimeur revêtait la tenue officielle de l'équipe. Les armes étaient pourvues d'un système électrique qui déclenchait le compte-points automatique lorsqu'un coup avait porté. Plus question de contester une décision ou de cacher une touche ! C'était beaucoup plus solennel. Aux yeux de Jared, il y avait de quoi être nerveux !

Mais Mme Grace avait une autre explication... et un drôle de conseil à donner :

— Ne cherche pas à tout prix à impressionner ce garçon...

— Quel garçon ? fit Mallory d'un ton innocent.

— Celui avec qui tu parlais mercredi, à la sortie des cours...

— Oh, lui ! murmura la jeune fille en haussant les épaules.

Simon ricana.

— Silence ! lança sa mère. Il s'appelle Chris, n'est-ce pas ?

— Je crois…

— Et c'est le capitaine de l'équipe d'escrime, non ?

Mallory grogna. Simon chantonna :

— Ça commence par un mari-a-geuh, mari-a-geuh, mari-a-geuh…

Sa grande sœur se retourna d'un bloc :

— Tu veux perdre toutes tes dents de lait d'un coup ?

— Ne les écoute pas, Mallo ! intervint Mme Grace. Et ne t'inquiète pas. Tu es intelligente, tu es belle comme un astre, et tu es une excellente escrimeuse. Je parie que Chris est déjà sous le charme.

— Môman ! protesta Mallory, effondrée, en s'enfonçant dans son siège.

Et Simon put continuer tranquillement :

— Ça continue par un p'tit bébé-euh, p'tit bébé-euh, p'tit bébé-euh…

Mme Grace dut s'arrêter à la bibliothèque où elle travaillait, pour y déposer des papiers. « Évidemment, pensa Mallory. Tout est plus important que ma compète… » Elle se recoiffa – inutilement – et houspilla sa mère qui revenait un peu hors d'haleine :

— Allez ! On va être en retard ! C'est ma première compète, tu te rends compte ?

— On y est presque ! promit Mme Grace.

Soudain, Jared tendit le doigt et s'écria :

— Oh, regardez ! Qu'est-ce que c'est ?

— Une carrière abandonnée, répondit Mallory. Là où on creusait pour prendre des pierres, avant.

« Une carrière », pensa Jared. Il se souvenait d'avoir lu quelque chose à ce sujet sur la carte qu'ils avaient découverte dans le bureau secret d'Arthur.

– On doit y trouver des tas de fossiles ! conclut Simon, enthousiaste, en se précipitant contre la vitre. Je me demande quels dinosaures vivaient dans le coin...

Mme Grace venait d'entrer dans le parking et se préparait à se garer, ce qui lui évita de répondre à son fils.

Jared, Simon et leur mère rejoignirent les gradins du gymnase, tandis que Mallory partait s'habiller et s'échauffer avec son équipe. Au centre, on avait disposé une sorte de très long matelas – Mallory appelait cela une « piste », mais, pour Jared, ce n'était rien qu'un très long

« Je préfère quand il y a moins de cinéma. »

matelas ! Derrière se dressait un tableau électronique, avec de grands chiffres rouges, des ampoules et des haut-parleurs. On aurait plus dit un jeu qu'un sport ! Un arbitre vérifiait si tout était bien connecté.

Chris, Mallory et leurs partenaires se placèrent à un bout de la piste et se mirent à discuter, leurs sacs de sport devant eux. Leurs uniformes étaient d'un blanc impeccable qui rutilait sous les néons crus. L'équipe adverse se plaça de l'autre côté. Et, bientôt, on annonça le premier assaut.

On munit les tireurs d'un petit récepteur placé dans le dos, et de cordes attachées à leurs armes. On se serait cru aux jeux Olympiques ! C'était très beau, très professionnel... et finalement assez compliqué. Jared essaya de se rappeler la signification des lumières et des sons qu'il percevait. En vain.

— Je préfère quand y a moins de cinéma, grommela-t-il.

Peu à peu, il se souvint : la lumière blanche signifiait que le coup ne comptait pas (seuls les coups sur le torse valent un point). Quand l'autre lumière s'allumait, l'un des tireurs marquait. Le premier à atteindre quinze points avait gagné.

Le garçon s'était remémoré les règles quand arriva le tour de sa sœur. La rencontre était mixte, et Mallory se retrouvait face à un certain Daniel Trucmuche (ou Chosemachin, Jared n'était pas sûr d'avoir bien entendu).

— A"ez Ma"o'y ! lança Simon, la bouche pleine de bretzels.

La jeune fille ne le déçut pas. Après avoir salué son adversaire, elle prit position – jambes fléchies, bras en arrière, poignet souple –, et, dès que le signal de départ fut donné, elle bondit en avant. Surpris, Daniel Trucmuche tenta de parer le coup. Trop tard. Un à zéro.

— Ouais ! cria Simon. Ma"o'y, t'es'a'eilleu'e !

Mme Grace était penchée vers la piste, comme happée par le bruit des fines lames de métal qui s'entrechoquaient. Attaque, parade, contre-attaque : l'assaut se déroulait dans les règles de l'art, mais Mallory surclassait son opposant. Elle était survoltée : elle se fendait presque à l'horizontal, reculait avec vivacité, paraissait jouer avec son rival comme un chat avec une souris ! Pas une fois Daniel Trucmachin ne trouva la faille.

À la fin, les adversaires se saluèrent avec leur épée. Puis ils ôtèrent leur masque. Le perdant avait le souffle court, le visage renfrogné. Mallory rayonnait. Mais son visage fut bien plus rouge lorsque Chris lui donna une accolade un peu maladroite pour la féliciter…

La suite de la compétition confirma la supériorité de l'équipe de Chris et Mallory. Quand le capitaine monta sur la piste à son tour, la jeune fille l'encouragea chaudement. Cela ne suffit pas : Chris perdit d'une touche. Vexé, il alla se rasseoir, la tête basse, et haussa les épaules pour ne pas parler à Mallory.

Lorsque la jeune fille fut appelée pour son deuxième assaut, le capitaine ne leva même pas la tête. Jared, lui, avait les yeux fixés sur la piste. Il fronça les sourcils. Il venait d'aviser une escrimeuse blonde *qui fouillait dans le sac de sa sœur*.

— Tu sais qui c'est ? demanda-t-il à Simon.

— Non, répondit son jumeau. Elle n'a pas encore tiré.

Les fines lames métalliques s'entrechoquaient.

La fille était-elle une amie de sa sœur ? Que voulait-elle lui emprunter ? Pourquoi s'arrêtait-elle quand quelqu'un regardait dans sa direction ? Était-elle en train de voler quelque chose ?

« À part une paire de chaussettes ou une culotte propre, je ne vois pas quoi... », songea Jared. Soupçonneux, il décida d'agir. Personne ne semblait s'être rendu compte qu'il se passait un événement bizarre.

— Où tu vas comme ça ? s'enquit sa mère.

— Aux toilettes, déclara Jared.

C'était un mensonge pratique. Sa mère risquait de le voir traverser le gymnase ; mais il ne pouvait pas lui dire la vérité : elle aurait trouvé une excellente excuse pour la fouilleuse. Elle pensait que tout le monde était formidable. Sauf Jared.

Jared descendit des gradins, longea le mur et courut vers l'endroit où se trouvait le sac de

L'entraîneur lui coupa la route.

Mallory… et la voleuse. L'entraîneur lui coupa la route. C'était un homme âgé. Une paire de grosses lunettes barrait son visage sévère.

— Désolé, bonhomme, mais on ne passe pas par ici pendant la compétition.

— Y a une fille qui vole les affaires de ma sœur !

L'entraîneur se retourna :

— Qui ça ?

Jared tendit le doigt, mais la fille avait disparu.

— Je… je ne sais pas qui c'était. Elle n'a pas encore combattu et…

— Tu dis des bêtises : tout le monde a déjà fait au moins un assaut. Je te conseille de retourner à ta place.

Jared abandonna. Il s'apprêtait à regagner son siège quand il eut une meilleure idée : il décida de se rendre aux toilettes. Comme ça, au moins, sa mère ne pourrait pas l'accuser d'avoir menti !

Au moment de franchir les portes bleues du gymnase, un mouvement attira son attention. Il s'arrêta et regarda en arrière. Cette fois, c'était Simon qui farfouillait dans le sac de Mallory. Et… et son jumeau portait ses affaires – ses affaires à lui, Jared !

Il plissa les yeux, perplexe. Puis un terrible soupçon se mit à germer dans son esprit. Il jeta un coup d'œil dans les gradins. Son frère était là, avec sa mère, en train de s'empiffrer de bretzels. Une chose était sûre : le Simon qui fouillait dans le sac de Mallory n'était pas Simon.

« Tu ne me reconnais pas ? »

Chapitre deuxième

Où les jumeaux Grace deviennent des triplés

Jared restait sur le seuil du gymnase. Incapable de bouger. Il entendait les tireurs qui ferraillaient, les spectateurs qui applaudissaient, mais les bruits lui paraissaient venir de très, très loin. Horrifié, il vit l'entraîneur se diriger vers le faux Simon – ou plutôt, le faux Jared. L'homme était en colère. Certains tireurs aussi. Qui osait les déranger pendant la compétition ?

L'entraîneur désigna la sortie, et il suivit du regard le faux Jared qui s'éloignait. Au fur et à mesure que son double se dirigeait vers lui, Jared serrait davantage les poings. Le faux Jared passa devant le vrai sans lui accorder un regard; et il sortit du gymnase avec un petit air supérieur.

« Je vais lui faire ravaler son sourire ! » se jura le vrai Jared en courant derrière lui.

Il l'interpella dans une allée bordée de casiers.

— Qui es-tu ? lança-t-il. Et que me veux-tu ?

Le faux Jared pivota lentement. Une lueur dans ses yeux glaça le vrai Jared.

— Tu ne me reconnais pas ? s'étonna-t-il. Ou plutôt : tu ne *te* reconnais pas ?

Il fit une grimace ironique. Jared était désemparé. C'était étrange de se voir bouger et parler. Le double n'avait pas la chevelure bien coiffée de Simon. Il était même plus mal coiffé que le vrai Jared. Il avait des épis partout. Et ses yeux… Ils étaient plus sombres. Différents.

La créature s'avança d'un pas. Jared recula. Si seulement il s'était protégé avant de partir… Soudain, il pensa à son couteau de poche. Les fées détestaient le fer ; et, dans l'acier, il y avait au moins un peu de fer…

Fébrile, il sortit son couteau et l'ouvrit.

— Quand allez-vous vous décider à nous

laisser tranquilles, toi et tes copains ? gronda-t-il en pensant aux créatures magiques qui le harcelaient.

Le faux Jared rejeta sa tête en arrière et ricana :

— Tu ne peux pas te fuir toi-même, Jared !

— Tais-toi ! rétorqua le garçon en pointant sa lame vers lui. Tu n'es pas moi.

— Range ton joujou ! exigea son double d'une voix grave et rauque.

— Je ne sais pas qui tu es, rétorqua le vrai Jared, et je ne sais pas qui t'envoie. Mais je me doute de ce que tu cherches. Le *Guide* d'Arthur Spiderwick, pas vrai ? Eh bien, tu ne l'auras jamais. Jamais !

La grimace de la créature s'élargit, formant une sorte de sourire. Jared crut qu'il allait lui répondre ; pourtant, soudain, son double se troubla et se ratatina. Il semblait terrorisé. Stupéfait, le garçon observa le visage de son double se décomposer. Le corps de la créature se mit à trembler. Ses cheveux noirs prirent une teinte sableuse. Ses yeux bleuirent et s'écarquillèrent.

Jared n'avait pas eu le temps de comprendre ce qui se passait quand un bruit de pas précipités s'éleva derrière lui.

— Qu'est-ce que tu fabriques ici ? cria quelqu'un. Jette ce couteau. Jette ce couteau, je te dis !

La main de la vice-proviseure du collège s'abattit sur le poignet du garçon. Le couteau tomba. Jared fixa la lame, puis regarda son double. Le garçon aux cheveux de sable disparaissait au fond du couloir ; ses sanglots ressemblaient étrangement à un rire de triomphe.

« Quelle sorte de fée c'était, d'après toi ? »

— Je n'en reviens pas ! murmura Simon à Jared. Tu as amené un couteau à l'école !

Jared planta son regard dans le sien sans mot dire. Il avait expliqué plusieurs fois – dont une aux policiers – qu'il s'était contenté de montrer le couteau à son « petit camarade ». Mais le « petit camarade » avait disparu, et cette version n'avait pu être confirmée.

Par la suite, la vice-proviseure avait demandé à Jared d'attendre dehors. Elle s'était retrouvée seule avec Mme Grace… et elle y était depuis un bon moment. Jared avait eu beau tendre l'oreille, il n'avait rien entendu.

C'est alors que son jumeau était venu le rejoindre.

— Quelle sorte de fée c'était, d'après toi ? insista Simon.

— Si on avait le *Guide*, on le saurait…

— Toi qui l'as lu, tu ne te souviens de rien qui ressemble à ça ?

— Non. Pas sur le coup.

Jared était trop abattu pour repasser ses souvenirs.

— Écoute, dit son frère, j'ai juré à maman que tu n'étais pas en faute. Tu n'as plus qu'à trouver une bonne explication.

Jared ricana :

— Tu as une idée, peut-être ?

— Et si on racontait que l'autre avait volé quelque chose dans le sac de Mallory ?

— Mallory prétendrait qu'il ne lui manque rien.

— Et si on disait que c'était moi, le fautif ? On pourrait échanger nos affaires…

Jared fit non de la tête. Même pas la peine d'essayer.

Peu après, leur mère émergea du bureau de la vice-proviseure. Elle paraissait fatiguée.

— Je suis désolé, souffla Jared.

— Je ne veux pas parler de ça avec toi, lâcha Mme Grace d'une voix étonnamment calme. Pas maintenant. Allez chercher votre sœur. On s'en va.

Jared acquiesça et suivit Simon. Il jeta un coup d'œil derrière lui. Leur mère s'était assise à leur place. Que pensait-elle ? Pourquoi n'avait-elle pas crié ?

À son propre étonnement, Jared pensa qu'il aurait préféré la voir en colère. Au moins, ça, il l'aurait compris. Il avait l'habitude. Sa tristesse silencieuse était beaucoup plus inquiétante. Comme si sa mère n'avait pas été surprise par son comportement.

Simon et Jared errèrent dans le collège à la recherche de Mallory. Ils posèrent des questions aux escrimeurs – y compris à Chris, le capitaine. Celui-ci parut gêné, mais il affirma qu'il ne savait pas où était la jeune fille.

Le gymnase était vide. Seuls leurs pas résonnaient sur le plancher luisant. La piste avait été rangée ; le matériel qui avait servi à la compétition, démonté.

Enfin, une fille à la longue chevelure brune leur annonça qu'elle avait vu Mallory pleurer dans les toilettes des filles.

— Mallory, pleurer ? s'étonna Simon. Mais elle a gagné ses deux assauts !

— Je sais, rétorqua la fille. Je lui ai demandé si elle avait un souci, elle m'a dit que non.

Les jumeaux la remercièrent et s'éloignèrent.

— Tu penses que c'était vraiment notre sœur adorée ? s'enquit Simon.

— Qui d'autre ? Son double ? Drôle d'idée,

« *Mallory ?* »

pour une fée, de se transformer en Mallory et d'aller pleurer aux toilettes...

— Hum, moi, si je devais me transformer en Mallory, ça me donnerait envie de pleurer !

Jared eut un petit rire :

— On va la chercher là-bas ?

— *Tu* vas la chercher, précisa son frère.

— Et pourquoi moi ?

— Parce que, au point où tu en es, tu ne risques plus rien. Moi, si on m'attrape...

— On ne te gronderait même pas ! affirma Jared.

Pourtant, ce fut lui qui entra dans les toilettes des filles. La curiosité était la plus forte.

Mais la déception fut grande : les toilettes des filles étaient identiques aux toilettes des garçons, les urinoirs en moins.

— Mallory ? appela-t-il.

Il regarda en bas sans voir de pieds dépasser. Il poussa une porte. Même s'il n'y avait personne, il se sentait bizarre. Gêné. Il n'était pas à sa place. Il ressortit bientôt.

— Elle n'était pas dedans ? déduisit Simon.

— Les toilettes sont vides, confirma Jared en jetant un regard derrière lui, pour vérifier si quelqu'un ne l'avait pas vu.

Le garçon n'était pas rassuré. Depuis que la vice-proviseure l'avait interpellé, il n'avait pensé qu'aux ennuis qui le concernaient, lui. Cependant, le danger n'avait pas disparu. La créature courait toujours dans le collège ; les jumeaux devaient trouver Mallory avant ce monstre.

— Et si Mallory était déjà dehors ? suggéra Jared. Elle a pu aller nous attendre à la voiture…

— On n'a qu'à aller voir...

Simon n'avait pas l'air convaincu ; mais, faute d'avoir une meilleure idée, il suivit Jared sur le parking.

À l'extérieur, le ciel s'était obscurci. Des touches pourpres et dorées se mêlaient au bleu gris.

Mallory n'était pas là.

— Hé ! s'exclama Simon. C'est quoi, ça ?

Il se pencha pour observer un objet qui brillait dans l'herbe.

— La médaille de championne d'escrime de Mallory ! s'écria-t-il. Et regarde...

Ce n'était pas la première fois qu'une médaille d'escrimeuse mettait les enfants Grace sur la piste des créatures féeriques[1]. Cette fois-là,

1. Lire, du même auteur, dans la même collection, *Le Livre magique*, t. 1.

d'autres indices entouraient la médaille : des pierres, disposées en cercle tout autour. Un mot était gravé sur la plus grande : « TROC ».

Simon examina les cailloux.

— Ces pierres proviennent de la carrière abandonnée, estima-t-il.

— Là où habitent les nains ! murmura Jared en se rappelant le *Guide* d'Arthur Spiderwick. Mais je ne savais pas que les nains avaient le pouvoir de se transformer...

— Peut-être que les nains ont quand même enlevé Mallory, dit Simon. Peut-être aussi qu'ils n'ont pas réussi et qu'elle est encore dans le collège.

— Et sa médaille ? Comment est-elle arrivée là ?

— Je n'en sais rien !

— Je parie que ses ravisseurs l'ont laissée exprès pour qu'on la trouve !

— Mallory a aussi bien pu la faire tomber par hasard... Allons d'abord vérifier si elle n'est pas avec maman. Après, on avisera.

Lorsque les garçons revinrent à l'intérieur, ils aperçurent leur mère dans le hall du collège. Elle leur tournait le dos. Elle était seule et téléphonait avec son portable.

Les garçons se figèrent. Mme Grace parlait doucement, mais sa voix se réverbérait dans les couloirs déserts.

— Oui, j'espérais que la situation allait s'améliorer, disait-elle. Sauf que Jared n'a jamais accepté ce qui s'est passé quand nous avons emménagé ici. Quant à Mallory et Simon... Même si ça va te paraître étrange, je trouve qu'ils le protègent un peu trop !

Jared se raidit. Il redoutait ce que sa mère allait ajouter – et il ne pouvait pas l'en empêcher.

— Non, non, poursuivit Mme Grace. Ils ne veulent pas reconnaître ce qu'il a fait. Et ils me cachent quelque chose. Je le vois bien : ils

Leur mère leur tournait le dos.

arrêtent de parler quand j'entre dans la pièce où ils sont, ils se serrent les coudes – surtout pour aider Jared… Si tu avais entendu Simon, tout à l'heure, qui s'excusait à la place de son frère…

Sa voix se brisa, et elle se mit à pleurer :

— Je ne le contrôle plus. Il est tellement en colère. Peut-être devrait-il aller passer quelque temps avec toi, *Richard*…

« Richard ! pensa Jared. C'est papa ! Elle parle à papa ! »

Simon attrapa le bras de Jared et chuchota :

— Viens. Mallory n'est pas là.

Jared se laissa entraîner par son jumeau dans le couloir des casiers. Il était sous le choc. Il aurait été incapable de décrire ce qu'il ressentait. Sinon par un mot : le vide.

Il éclaira les mots avec sa torche.

Chapitre troisième

Où Simon résout une énigme

— Ils ont Mallory, dit Jared.

Il avait envie de parler. D'oublier ce qu'il venait d'entendre. De ne plus penser à rien, sauf à sauver Mallory.

— Qui ça, « ils » ? demanda Simon.

— Les nains, sans doute. Ils l'ont capturée pour nous l'échanger contre le *Guide* d'Arthur Spiderwick. C'est pour ça qu'ils ont laissé cette pierre marquée « TROC ».

— Mais nous ne l'avons p...

Jared mit un doigt devant la bouche de son jumeau.

— Chuuut ! J'ai une idée. Suis-moi !

Il se dirigea vers son casier, l'ouvrit, préleva une serviette dans son sac de sport et, dans sa pile de livres, un manuel de maths. Le manuel ressemblait vaguement au *Guide*. Jared l'enveloppa dans la serviette, le tendit à son frère et prit son sac à dos.

— Qu'est-ce que tu fabriques ? s'enquit son frère.

— Chafouin a utilisé cette astuce pour nous tromper, expliqua Jared. Ce coup-ci, c'est nous qui allons faire croire aux ravisseurs de Mallory que nous avons le *Guide* !

Simon opina :

— D'accord. Ça peut marcher. On récupère une torche dans la voiture, et on file à la carrière !

Un instant plus tard, ils passaient par-dessus la chaîne qui délimitait la cour du collège.

Ils traversèrent la grande route et gagnèrent la chaussée opposée, envahie de buissons. L'obscurité rendait leur progression difficile. Le faisceau de la torche était très mince.

Les jumeaux gravirent une grande paroi de pierres, çà couvertes de mousse, là fissurées. Tandis qu'ils progressaient, Jared entendait en boucle malgré lui ce que sa mère avait dit à son père. Il pensa aux choses terribles dont elle le croyait capable. Sa disparition n'allait pas arranger la situation.

Simon se trompait : Jared pouvait avoir *encore plus* d'ennuis. Il pouvait être exclu du collège. Ou envoyé chez son père, alors que celui-ci ne voulait sans doute pas de lui…

— Oh ! lâcha soudain son frère. Regarde !

Ils étaient arrivés à la lisière de la carrière abandonnée.

La roche avait été taillée bizarrement. Des sortes de terrasses formaient une volée de marches abruptes et très hautes. L'énorme escalier de pierre aboutissait une dizaine de mètres en contrebas, sur un sol inégal. De petites touffes d'herbe poussaient le long des parois, entre deux grosses langues de terre. Au-dessus de la carrière, un énorme pont soutenait l'autoroute.

— C'est dingue de ramasser des pierres ! s'exclama Simon. Tu ne trouves pas ? De l'or, oui. Des diamants, oui. Mais des pierres, de simples pierres…

« C'est drôlement profond ! »

Jared ne répondit pas. Son jumeau serra sa veste autour de lui.

— On dirait du granite, continua-t-il.

Jared éclaira la caverne avec sa torche. Le halo éclaira une roche ocre, que le garçon aurait été bien en peine d'identifier.

— On descend comment ? demanda son frère.

— Aucune idée. Et toi, môssieur Je-sais-tout ?

Simon le regarda avec de grands yeux. Quelle mouche avait piqué Jared ?

— On n'a qu'à sauter d'un rebord à l'autre, grommela celui-ci, honteux de s'être énervé sans raison… sinon la peur qui le prenait.

— C'est drôlement profond, commenta Simon. On devrait prendre une corde, ou…

— Pas le temps, le coupa Jared. Mallory est en danger. Tiens-moi la torche.

Il tendit la lampe à son frère, s'accroupit sur le rebord, observa la pénombre et, inspirant un bon coup, il se lança dans le vide vers un terre-plein que l'obscurité avait masqué. Il atterrit, et quand il se releva, Simon braquait la lumière sur lui. Aveuglé, il trébucha.

— Ça va ? demanda son jumeau.

Jared mit une main en visière et tâcha de rester calme.

— Oui, souffla-t-il. Allez, viens ! À toi de sauter !

Simon prit position. Jared s'écarta pour lui laisser la place. Son frère s'élança et retomba lourdement, en poussant un cri. Il avait lâché la torche, qui avait roulé plus bas. Elle éclairait à présent une parcelle de broussailles et de roche.

Jared sentit la colère monter en lui, comme un être vivant qui aurait grandi de seconde en seconde.

— Quel crétin ! rugit-il. Non mais quel crétin ! Tu n'avais qu'à me lancer la torche avant de sauter ? Et maintenant, comment on fait pour descendre ? On ne peut pas voir le rebord suivant ! Quand je pense que Mallory risque de mourir parce que tu es une triple buse...

Son jumeau baissa la tête. Dans ses yeux brillaient des larmes. Jared s'en aperçut et prit conscience qu'il avait exagéré.

— Excuse-moi, murmura-t-il. Je ne pensais pas ce que j'ai dit. Je suis juste un peu nerveux, et…

Simon acquiesça puis détourna le visage.

— Je crois qu'il y a un autre rebord juste en dessous, déclara Jared. Tu vois cette forme sombre ?

Simon restait toujours muet.

— Je passe le premier, conclut son frère. Je vais récupérer la torche.

Et il sauta dans l'obscurité.

Par chance, il avait bien visé… mais il se reçut mal. Le rebord était beaucoup plus bas qu'il n'avait cru. Il eut mal aux mains et aux pieds. Il se releva lentement. Ses jeans étaient râpés à un genou, et il avait une éraflure à un bras qui saignait; cependant, son moral remonta lorsqu'il constata avec soulagement qu'il était tout près du fond de la carrière. Plus qu'un bond !

— Jared ? souffla Simon.

— Je suis là. Ne bouge pas. Je vais prendre la torche.

Il rampa vers la lampe, l'attrapa et s'en servit pour éclairer la paroi. Ainsi, son frère put trouver des prises qui lui évitèrent de sauter au petit bonheur la chance.

C'est alors que Jared entendit, au loin, des bruits sourds. Impossible de les localiser : ils semblaient provenir de nulle part… et de partout à la fois. Le garçon éclaira la carrière autour de lui. Rien que des remblais déchiquetés et des traces de forage.

« Comment allons-nous sortir d'ici ? » se demanda Jared. Puis il oublia sa question. Il serait toujours temps de se la poser plus tard, quand ils auraient retrouvé Mallory. Il devait prendre un problème après l'autre. Sinon, il ne s'en sortirait jamais.

Soudain, la paroi s'éclaira d'un faible halo bleu.

— Bioluminescence, commenta Simon.

— Bio*quoi* ?

— Ce sont des sortes de champignons qui produisent leur propre lumière, expliqua-t-il.

En effet, au pied de la paroi, des champignons brillaient faiblement. Dans cette lumière discrète se détacha une inscription gravée dans la pierre ! Jared braqua son faisceau dessus et lut :

RIRVUO RUOPSI OFSIORT
REPPARF

— Une énigme ! s'exclama le garçon.

Simon soupira :

— Ça ne veut rien dire, rirvuo truc-chouette...

— Ça *veut* dire quelque chose, rectifia Jared, mais quoi ?

— À toi de jouer, répliqua son jumeau. Moi, je te rappelle que je suis un crétin et une triple buse...

— Simon... Je suis désolé. Ça m'a échappé.

Tout le monde sait que tu es plus intelligent que moi !

– Il faut croire que tout le monde se trompe ! Je n'ai pas d'idée...

Les deux frères réfléchirent un moment en silence. Puis Simon perdit son air buté et s'écria :

– J'ai trouvé ! Il suffit d'inverser les mots !

Prenant la torche des mains de Jared, il inscrivit sur le sol :

« RIRVUO »

Puis, juste en dessous :

« OUVRIR »

Jared battit des mains, ébahi :

– Génial ! Les nains parlent verlan !

Mais son grand sourire disparut quand il s'attaqua au mot suivant :

– Ruopsi... Ça donne « ispour »... Ça ne marche pas ! On s'est trompés !

Simon fronça les sourcils. Il était surpris et un peu vexé que sa solution ne fût pas la bonne. Il braqua la torche sur la paroi et fixa l'inscription avec intensité :

RIRVUO RUOPSI OFSIORT
REPPARF

— « Ouvrir ispour troifo frapper », lut-il en inversant les mots. Tu as vu, Jared ? « Frapper » aussi est écrit en verlan.

— Mais « ispour troifo », ça veut dire quoi ?

Simon ferma les yeux… et brandit un poing vainqueur :

— J'ai trouvé ! « Rirvuo ruopsi ofsiort repparf », ce n'est pas une série de mots, c'est une phrase. Il faut bien la lire à l'envers, mais en entier !

Jared semblait perdu :

— Je ne vois toujours pas ce que « ispour troifo » signifie…

— Regarde !

Simon abaissa la torche et se mit à écrire sur le sol. C'est ainsi que…

RIRVUO RUOPSI OFSIORT REPPARF

devint…

FRAPPER TROISFO ISPOUR OUVRIR

puis…

FRAPPER TROIS FOIS POUR OUVRIR

Jared était fasciné. Pourtant, un dernier doute l'habitait :

— Tu es sûr que…

— Sûr !

Simon frappa trois coups sur la paroi de pierre. Aussitôt, un grondement se fit entendre. Le sol trembla, s'ouvrit sous les pieds des jumeaux et les engloutit.

« Que vois-je ? Des prisonniers ! »

Chapitre quatrième

Où les jumeaux découvrent un arbre à nul autre pareil

Les frères Grace tombèrent jusqu'à ce qu'un filet métallique arrêtât leur chute et les emprisonnât. Jared rugit et donna des coups de pied pour se dégager. Impossible. Il n'arrivait pas à se remettre d'aplomb. Soudain, il cessa de lutter et reçut un coup de coude de son frère dans l'oreille.

— Aïeuh, Simon ! gémit-il.

— Oooh, tu as vu ? répondit son frère.

Des champignons lumineux couvraient le mur par petites touffes. Ils éclairaient les visages de trois petits bonhommes.

Les créatures avaient une peau grise comme la pierre. Ils étaient pourvus chacun d'une longue barbe blanche, complétée par des moustaches impressionnantes. Ils portaient des vêtements rustiques, presque grossiers ; mais ils arboraient aussi des bracelets en argent, à l'effigie d'un serpent, et ces bracelets étaient si serrés qu'ils semblaient incrustés dans leurs bras. Sur leurs colliers couraient des fils d'or d'une grande finesse ; leurs anneaux, ornés de pierres précieuses, étaient splendides et faisaient briller leurs doigts sales.

— Que vois-je ? tonna l'un d'eux d'une voix rocailleuse. Des prisonniers ! Il est rare que nous capturions de tels spécimens vivants...

— Des nains ! souffla Jared. Des vrais !

— Je les préfère quand ils chantent « hé-ho, hé-ho » en rentrant du boulot, chuchota Simon sur le même ton.

Le deuxième nain s'approcha et prit quelques mèches de cheveux de Jared entre ses doigts. Il les montra au premier qui avait parlé.

— Rien d'extraordinaire, n'est-ce pas ? La teinte de leurs poils manque de brillant et de relief. Leur peau n'est ni douce ni pâle comme le marbre. Je les trouve ratés. Nous pouvons faire mieux. Beaucoup mieux.

Jared se raidit. Que voulait dire le nain ? Qu'espérait-il en les capturant ?

Le garçon se souvenait d'avoir lu dans le *Guide* d'Arthur Spiderwick que ce peuple était constitué d'excellents artisans. Face à eux, l'acier n'avait aucun effet, alors qu'il était efficace contre la plupart des créatures merveilleuses. Son couteau n'aurait donc été d'aucune utilité… même si la vice-proviseure ne le lui avait pas confisqué.

— Nous sommes venus chercher notre sœur, déclara Jared. Nous vous proposons un échange.

L'un des nains ricana. Un autre positionna une cage d'argent sous le filet.

— Le Korting nous avait avertis de votre venue, déclara-t-il. Il est très impatient de s'entretenir avec vous.

— Le... Korting ? répéta Simon. C'est votre roi ?

Personne ne lui répondit. L'un d'eux appuya sur une poignée sculptée, et le filet s'ouvrit. Les deux garçons tombèrent lourdement dans la cage. De nouveau, Jared s'écorcha les mains et les genoux; puis il agrippa les barreaux de métal; et le voyage commença en silence à travers des cavernes froides, aux parois humides.

Les jumeaux percevaient le bruit de marteaux, plus fort et plus net à présent qu'ils étaient

sous le sol. Ils entendaient aussi le grondement puissant de ce qui devait être un grand feu. Au-dessus de leurs têtes, de petites plaques phosphorescentes éclairaient d'immenses stalactites, qui pendaient du plafond tels des icebergs à l'envers.

Dans une grotte qu'ils traversèrent, des chauves-souris voletaient en poussant des cris stridents. Le sol était couvert de leurs déjections noires et puantes.

Jared essayait de maîtriser ses tremblements. Plus ils s'enfonçaient, plus la température se rafraîchissait. De temps en temps, des ombres se découpaient dans la pénombre et d'étranges bruits trouaient le silence.

Ils passèrent devant des colonnes ruisselantes, atteignirent un couloir étroit et quittèrent enfin l'infection de la grotte aux crottes.

La caverne suivante était couverte de tas poussiéreux d'objets métalliques. Un rat doré

émergea d'un gobelet de malachite et les regarda passer avec ses yeux de saphir; Simon l'observa avec envie: au moins, lui, il était libre! Un lapin mécanique en argent gisait sur le flanc; sur son cou était placée la clef qui servait à le remonter. Tout près, une fleur de lys en platine s'ouvrait, se fermait et se rouvrait sans cesse.

Dans la vaste grotte d'après, les prisonniers virent des nains en train de sculpter des statues dans les murs. Bien sûr, ces statues représentaient des nains. Un instant, Jared fut aveuglé par l'éclat vif d'une lanterne; cependant, il lui sembla avoir vu bouger le bras d'une statue!

Enfin, les frères Grace débouchèrent dans une énorme caverne. Au milieu se dressait un arbre spectaculaire. Son tronc était gigan-

« Admirez, mortels, une beauté qui ne passera jamais ! »

tesque. Son faîte se perdait dans les hauteurs. Ses branches formaient une imposante canopée[1] au-dessus des nouveaux arrivants. Quelque part, un étrange oiseau métallique chantait.

— Ça ne peut pas être un arbre, dit Simon, l'index tendu. Il n'y a pas de soleil, ici. Donc pas de photosynthèse. Donc aucun arbre ne peut pousser…

— Sauf que cet arbre est en *métal*, fit observer Jared, fasciné par les feuilles en argent.

Non loin, une sorte de rossignol battit ses ailes de cuivre et posa sur les jumeaux son regard froid et vide.

Jared contemplait l'arbre avec stupéfaction. Certaines branches étaient solides et massives ; d'autres sinuaient, légères et délicates. Chaque feuille d'argent était unique de sa sorte,

1. La canopée est le sommet des arbres.

« Sa Majesté le Korting ! »

parcourue de veinures et découpée avec tant d'habileté qu'on aurait presque cru des vraies !

— Voici le premier arbre de métal ! confirma un nain. Admirez, mortels, une beauté qui ne passera jamais !

— Pourquoi nous appelez-vous « mortels » ? s'étonna Jared.

— Vous ne connaissez donc pas votre propre langue ? rétorqua le nain avec un petit gloussement. « Mortels », cela signifie que vous êtes voués à la mort. Comment vous appellerions-nous, autrement ? Les gens de votre race s'éteignent en un clin d'œil !

Et, s'appuyant sur un barreau de la cage, il cligna de l'œil.

Plusieurs couloirs sortaient de la caverne de l'arbre métallique. Ils étaient trop sombres pour que Jared pût deviner où ils menaient. Les nains firent rouler la cage des prisonniers dans l'un d'eux. C'était un passage large, bordé de colonnades, qui conduisait à une pièce de dimension réduite.

Sur un trône taillé dans un stalagmite gigantesque, un autre nain était assis, la peau grise, affublé d'une barbe noire de jais et d'une imposante couronne. Ses yeux étincelaient tels des diamants verts. À ses pieds, un chien métallique somnolait sur un tapis en peau de daim. Son flanc se soulevait et s'affaissait avec un faible souffle mécanique. On aurait dit un vrai chien en train de dormir; mais, sur son arrière-train, une clef tournait lentement.

Une foule de nains se pressaient derrière le trône sans un bruit.

— Ô vénéré Korting, lança l'un de ceux qui poussaient la cage, tout s'est passé comme vous l'aviez prédit. Ils sont venus chercher leur sœur.

Le Korting se leva et prit la parole:

— Mulgarath m'avait averti de votre arrivée. Quelle chance est la vôtre ! Quel honneur ! Le règne des hommes touche à sa fin, et vous allez en être témoin !

— Ouais, c'est ça, persifla Jared. Où est Mallory ?

— Amenez-la ! ordonna le Korting en grimaçant.

Aussitôt, plusieurs nains sortirent de la pièce.

— Mortels, je vous conseille désormais de surveiller votre langage ! tonna le chef des nains. Mulgarath ne tardera pas à être le maître du monde. Quand le jour sera venu, nous, ses humbles et loyaux serviteurs, seront à son

côté pour célébrer son triomphe. Il rasera la planète, et nous y bâtirons une forêt nouvelle – une forêt d'arbres de métal ! Nous reconstruirons le monde en argent, en cuivre et en fer…

— N'importe quoi ! rétorqua Simon. Qu'allez-vous manger ? Comment allez-vous respirer, si les plantes ne produisent plus d'oxygène ?

Jared sourit. Parfois, c'était bien d'avoir un M. Je-sais-tout comme jumeau !

Le rictus du Korting s'accentua :

— Serais-tu en train de douter que nous autres, nains, soyons malins en plus d'être les plus grands artisans que vous verrez jamais ? Regardez mon lévrier, là ! Vous allez comprendre notre supériorité. Son corps en argent est bien plus admirable que n'importe quelle fourrure. Il n'a nul besoin d'être nourri ; et il n'a pas de besoins naturels à satisfaire. Qui dit mieux ?

— Je ne crois pas que Simon doutait de votre...

Jared s'interrompit. Six nains venaient d'entrer dans la pièce. Sur leurs épaules, ils portaient un long cercueil, au couvercle de verre.

— Mallory ! s'écria le garçon, paniqué.

— Qu'avez-vous fait à notre sœur ? demanda Simon, qui avait blêmi. Vous ne l'avez quand même pas... tuée ?

— Au contraire ! répondit le Korting. Nous l'avons rendue immortelle. Regardez mieux !

Les nains posèrent le cercueil de verre sur un pied en fer forgé, devant la cage des jumeaux Grace.

Les cheveux de Mallory avaient été rassemblés en une longue tresse, disposée le long de son visage de cire. La jeune fille était d'une pâleur extrême. Ses lèvres et ses joues avaient été maquillées en rouge. On aurait dit une poupée. Mais une poupée très particulière : elle tenait dans ses mains jointes le pommeau d'une épée en argent.

On l'avait revêtue d'une robe à fronces. Elle avait les yeux clos, et Jared redouta un instant qu'ils aient été remplacés par des billes de verre…

— Que lui ont-ils fait ? souffla Simon. Elle ne ressemble plus du tout à Mallory !

— Sa beauté et sa jeunesse ne disparaîtront jamais, expliqua le Korting. Si elle devait sortir de cet abri, elle serait exposée aux injures du temps, du vieillissement, de la mort, de la fatalité – elle retrouverait votre destin de mortel.

Jared déclara :

— Je pense qu'elle préférerait ça à rester dans un cercueil en verre…

Le seigneur des nains ricana.

— Pourquoi pas ? Montrez-moi ce que vous m'avez apporté pour la racheter...

Jared ouvrit son sac à dos et brandit le livre enveloppé dans un linge.

— Voici le *Guide du monde merveilleux qui vous entoure* qu'a écrit Arthur Spiderwick ! affirma-t-il avec aplomb.

— Très bien ! lança le Korting en se frottant les mains. Exactement ce que nous avions prévu. Donnez-moi le livre.

— Vous nous rendrez notre sœur ?

— Elle sera à vous.

Jared tendit le faux guide. Un nain s'approcha et le prit à travers les barreaux. Par chance, le seigneur des nains ne daigna pas même y jeter un coup d'œil.

— Emportez cette cage splendide dans la salle du trésor, et placez le cercueil de verre à côté !

— Quoi ? cria Jared. Nous venons de troquer Mallory contre le *Guide* !

— Nous avons troqué, confirma le Korting. Vous avez racheté votre sœur… mais pas votre liberté !

— Vous n'avez pas le droit ! protesta le garçon en secouant les barreaux de sa cage.

Les nains n'en poussèrent pas moins la prison à roulettes à travers un énième obscur corridor. Jared n'osait pas regarder son frère. Il l'avait traité de crétin et de triple buse ; or, c'était lui qui s'était comporté comme un imbécile. Il croyait berner les nains ; et il avait été le dindon de sa propre farce. Il se sentait fatigué. Épuisé. Méprisable. Ridicule.

Il n'était qu'un enfant. Comment pouvait-il espérer s'en sortir, sauver sa sœur et échapper à ses geôliers ?

« Vous allez devoir nous nourrir... »

Chapitre cinquième

Où Jared et Simon réveillent une belle au métal dormant

Jared ne regarda pas par où on l'emmenait. Il ferma les yeux pour ne pas pleurer.

— Ces messieurs sont arrivés ! déclara le nain qui les avait poussés.

La petite créature avait une belle barbe blanche, de longs cheveux et des moustaches qui traînaient presque par terre. Il fumait la pipe, un trousseau de clefs au côté.

Une unique lanterne éclairait la salle du trésor. Cependant, de gros monceaux d'or renvoyaient la lumière ; si bien que la pièce n'était pas aussi sombre qu'elle aurait pu l'être. Un paon en argent faisait la roue – sa queue était en corail et en lapis. Il poursuivait une souris de cuivre sans conviction, plutôt par ennui.

— Posez ça là ! lança le nain à ceux qui apportaient Mallory dans son cercueil.

Puis, quand ses amis s'éloignèrent, il se tourna vers les jumeaux :

— Je vais voir si je peux trouver quelque chose pour vous aider à passer le temps. Peut-être des soldats de pierre ? Ils se lèvent et se tapent dessus tout seuls, c'est très distrayant...

— J'ai faim, dit Simon. On n'est pas des machines, nous. Si vous devez nous garder ici, il va falloir que vous nous nourrissiez.

— Exact, reconnut le nain. Je vais vous

préparer une purée d'araignée aux navets. Ça vous remettra d'aplomb !

— Comment allez-vous nous passer nos assiettes ? demanda soudain Jared. Il n'y a pas de porte, à part la trappe du haut.

— Si, si ! rectifia son geôlier. J'ai forgé moi-même cette cage. Elle est belle, pas vrai ?

Le garçon bouillait de rage. D'accord, ils étaient prisonniers (et de un) des nains (et de deux) dans une cage (et de trois). Mais, le pire, c'était que le nain en rajoutait :

— Regardez ! La serrure est *dans* ce barreau !

Il tapota légèrement la cage.

— Pour forger le mécanisme, j'ai fait un ouvrage d'extrême précision, expliqua-t-il. J'ai travaillé avec un marteau de la taille d'une aiguille. Si vous observez bien cet endroit, vous verrez une fêlure discrète : c'est la porte. Là…

— Je ne vois rien, affirma Simon. Vous pourriez l'ouvrir, pour nous montrer ?

Jared le regarda, admiratif. Pendant qu'il se laissait emporter par sa colère, son frère préparait leur évasion…

— Ça vous intéresse ? s'étonna le nain.

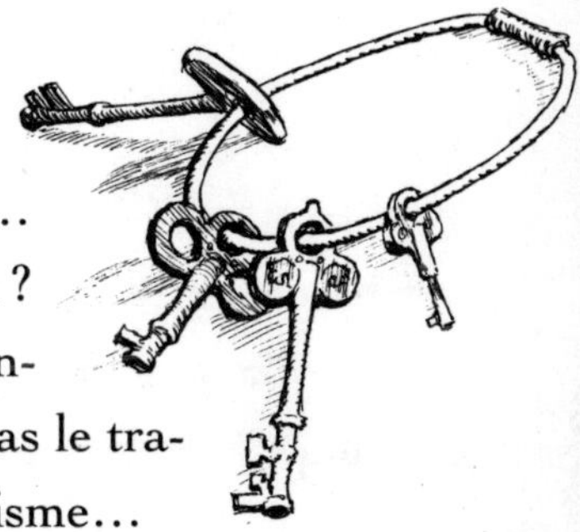

— Beaucoup ! dit Jared.

— Bon, alors, d'accord... Mais juste une fois, hein ? Après, je vous apporterai à manger. Ah ! Je ne vous raconte pas le travail que suppose un tel mécanisme...

Jared eut une mimique de sympathie. Le nain prit le trousseau de clefs qu'il portait à la ceinture. Il sélectionna une clef striée, de petite taille, qui avait la forme et la taille d'un sifflet. Il l'introduisit dans l'un des barreaux. De là où il était, Jared ne parvint même pas à voir le trou de la serrure !

Clic, un tour de clef ! Puis crac, gling, clac... et le nain tira sur un barreau. Une partie de la cage pivota sur des gonds invisibles. Au moment où les garçons bondissaient vers la liberté, le nain referma la cage, tourna la clef dans la serrure et se mit à rire.

— Merci ! s'exclama-t-il. Si vous n'aviez pas essayé de vous échapper, ç'aurait été tellement moins drôle...

Mais, à cet instant précis, Jared tendit la main et se saisit du trousseau que le nain avait gardé à la main. Les clefs tombèrent dans la cage. Simon plongea en avant, plus vif que leur adversaire.

— Non, c'est pas du jeu ! glapit le geôlier. Rendez-moi mon trousseau !

— Compte là-dessus ! lança le garçon.

— Je vous l'ordonne ! Vous êtes prisonniers, et les prisonniers ne peuvent pas avoir les clefs de leur prison !

— La preuve que si ! rétorqua Jared.

Soudain, le nain céda à la panique.

— Quelqu'un, vite ! cria-t-il. À la garde ! Les prisonniers s'échappent !

Pas de réaction.

Le nain vrilla son regard sur Jared et Simon :

— Je vous conseille de ne pas bouger d'ici !

Et il partit chercher du secours.

Simon prit les clefs, trouva la serrure, y introduisit la petite clef et ouvrit la cage. Les jumeaux bondirent au-dehors.

— Dépêche-toi, Jared ! lança Simon. Ils vont revenir !

— On ne peut pas abandonner Mallory ! protesta Jared.

— On reviendra la chercher plus tard…

— Attends ! Et si nous nous cachions ici ? Ils penseront qu'on s'est enfuis !

« Ils ne sont pas là... »

— Ici ? contourna Simon. Mais où ?

— Là-haut ! proposa Jared en désignant le solide toit en argent de leur prison.

Il poussa la cage près d'un gros tas de trésors et s'en servit pour grimper au sommet. Jared tendit la main à son jumeau, qui l'imita. Ils avaient à peine gagné leur cachette quand les nains surgirent dans la pièce.

— Ils ne sont pas là ! grogna un de leurs poursuivants. Ni dans le couloir, ni dans les pièces alentour.

Un sourire de triomphe étira les lèvres de Jared.

— Lâchons les chiens, décida un autre nain. Eux, ils les trouveront.

Les nains sortirent en courant de la pièce.

— Les chiens ? répéta Simon dans un souffle.

— Et alors ? rétorqua son frère. Tu aimes les animaux, non ?

Simon sauta à terre sans répondre, heurta un chandelier et envoya valser une pile d'hématites[1] autour de lui.

— Mais chuuuuut ! gronda Jared.

Il glissa à terre plus discrètement, retenant de justesse un massif de roses en cuivre.

Les deux frères allongèrent le cercueil de verre et s'agenouillèrent. Jared l'ouvrit. Un sifflement s'éleva, comme si un gaz invisible s'était échappé dans l'atmosphère. À l'intérieur, la jeune fille restait immobile.

— Lève-toi, Mallory ! dit Jared.

Il souleva son bras… qui retomba sur sa poitrine : il était mou, sans vie.

— Tu crois que quelqu'un doit l'em-

1. Les hématites sont de belles pierres noires.

brasser ? demanda Simon. Comme dans la Belle au bois dormant, quand la princesse se pique avec une quenouille et que le Prince charmant doit…

« Appuie-toi sur l'épée comme si c'était une canne ! »

Jared l'interrompit :

— Arrête ! C'est dégueulasse !

Il ne se souvenait pas d'avoir lu des histoires de baiser, dans le *Guide* d'Arthur Spiderwick. Mais il ne se souvenait pas non plus d'y avoir lu des histoires de cercueil de verre. Par précaution, il piqua un petit bisou sur la joue de sa sœur.

Pas de réaction.

— Il faut trouver une idée ! glapit Simon. Et vite !

Alors, Jared fit ce que n'importe quel petit frère rêve de faire à sa grande sœur : il lui tira les cheveux. Fort. La jeune fille remua légèrement et entrouvrit les yeux.

— Fichez-moi la paix, marmonna-t-elle.

Elle se souleva pour essayer de se retourner. Jared s'empara de son épée, la posa sur le sol et attrapa Mallory avant qu'elle ne tombât par terre.

— Debout, Mallo ! lui cria-t-il à l'oreille. Allez, réveille-toi !

À son tour, Simon tenta sa chance : il donna une bonne grosse claque à sa sœur. C'était pour son bien, mais la jeune fille ne parut pas apprécier. Elle se tortilla et ouvrit complètement les yeux, la mine endormie.

— Qui a osé…

— Faut te bouger, Mallory ! l'interrompit Simon. Lève-toi !

— Appuie-toi sur l'épée comme si c'était une canne, suggéra Jared.

Avec l'aide de ses frères, la jeune fille réussit à se redresser et à gagner le couloir. Il était vide. Simon expira un grand coup :

— Hé, pour une fois, la chance est avec nous !

C'est alors que les enfants Grace entendirent des bruits inquiétants, dans le lointain. Des aboiements rauques et métalliques.

Les nains avaient bel et bien lâché les chiens.

« Les pierres. Les pierres parlent.
Les pierres me parlent... »

Chapitre sixième

Où les pierres parlent

Jared et Simon se mirent à courir en soutenant Mallory. Ils parcoururent au hasard des kilomètres de couloirs. Ils traversèrent des pièces sombres et étroites. Ils passèrent même sous un surplomb d'où le Korting surveillait les nains en train d'empiler des armes sur des chariots.

Les aboiements, lointains au début, se rapprochèrent et devinrent frénétiques. Les enfants Grace poursuivirent leur chemin, caverne après caverne. Par moments, ils se

cachaient derrière des stalagmites quand ils entendaient les nains approcher ; puis ils reprenaient leur progression en rampant.

Ils débouchèrent dans une grotte où flottaient des poissons blancs aveugles. Les stalagmites laissaient tomber des petits bouts de roche à intervalles réguliers. Le bruit des « plouf » se réverbérait dans la pièce… accompagné par un étrange « tap-tap-tap ».

— On est où ? grogna Mallory.

— Je ne sais pas, dit Simon. Une chose est

sûre : on n'est pas passés par-là tout à l'heure. Je m'en serais souvenu, à cause des poissons.

— Mais on ne peut pas revenir en arrière, prévint Jared. On doit continuer.

Une petite silhouette pâle jaillit des ténèbres. La créature avait de longues moustaches, de grandes oreilles déchiquetées et des yeux globuleux qui brillaient dans la pénombre.

— Qu'est-ce… qu'est-ce que c'est ? murmura Simon.

La créature tapa contre la paroi avec ses doigts immenses, terminés par des ongles en mauvais état. Puis elle pressa l'oreille contre la roche et expliqua d'une toute petite voix :

— Lespierres. Lespierresparlent. Ellesmeparlent.

Jared avait du mal à distinguer les mots. La créature se remit à tapoter. Jared tenta sa chance :

— Hum... Est-ce que tu saurais comment on sort d'ici ? risqua-t-il.

— Sssssilence ! siffla la créature.

Elle ferma les yeux et hocha la tête. Et soudain, elle bondit dans les bras de Jared et s'accrocha autour de son cou d'un bras vigoureux.

— Ouiii ! s'exclama-t-elle. Ouiii ! Lespierresdisentdallerparlà !

Elle montrait l'obscurité, au-delà des mares à poisson.

— Hum, super, dit Jared en essayant de se dégager. Merci.

La créature finit par se détacher et fila jusqu'au mur, où elle se remit à taper.

— Qu'est-ce que c'est ? répéta alors Simon. Un nain à problème ?

— Je crois qu'on appelle ça un toqueur ou un tapoteur. Ils vivent dans certaines mines où

« Les pierres parlent... »

ils avertissent les mineurs des risques d'effondrement.

— Un toqueur ? Il a l'air toqué, oui ! J'ai l'impression qu'il est encore plus timbré que le kobold[1] !

— Pourtoi, JaredGrace, souffla la créature en tendant une pierre plate et froide au garçon. Lapierreveutvoyageravectoi.

— Hum... Merci pour tout... Mais là, il faut qu'on y aille...

Il s'avança dans la direction que le tapoteur-toqueur-ou-un-truc-dans-le-genre avait indiquée. Il crut distinguer une crevasse. Il s'en approchait quand Simon intervint :

— Une seconde ! Comment connais-tu le nom de Jared ?

1. Le kobold croisé par les enfants Grace était un drôle d'animal qui parlait par énigmes (*Le Secret de Lucinda*, t. 3).

Le garçon s'immobilisa.

— C'est vrai, ça ! reprit-il. Où l'as-tu appris ?

La créature tapota le mur de nouveau :

— Lespierresmelontdit. Lespierressaventtout.

Jared grimaça et imita la diction précipitée du monstre :

— Jevois, jevois...

Puis il reprit sa marche. Il y avait une petite ouverture dans la paroi de la grotte. Le trou était étroit et sombre. Très sombre. Jared se mit à quatre pattes et commença de ramper.

Le sol de la grotte était humide. De temps en temps, un petit bruit inquiétant passait juste au-dessus de sa tête. Mallory et Simon le suivirent en lâchant par moments des exclamations étouffées. Cependant, Jared ne ralentissait pas.

« Ils sautèrent ensemble... »

Il entendait encore et toujours les aboiements des chiens…

Au détour d'un couloir, après une longue marche, les enfants Grace émergèrent dans la caverne où se dressait l'arbre de fer.

— Par-là ! lança Jared en reconnaissant l'embranchement.

Ils coururent vers cet endroit et arrivèrent devant une nouvelle crevasse, presque aussi large que Jared était grand.

Le garçon scruta l'obscurité. Comment allaient-ils franchir ce passage ? Les aboiements semblaient plus proches que jamais… Jared aperçut des yeux rougeoyer dans la pénombre.

— On saute ! décida Simon. Allez !

Il prit son élan, bondit et se réceptionna tant bien que mal de l'autre côté.

— À nous ! s'écria Jared.

— Non, pas question ! protesta Mallory. Je...

— On y va ! la coupa son frère.

Et ils sautèrent ensemble.

Mallory trébucha sur un caillou, lorsqu'elle retomba ; elle dérapa, mais se rattrapa de justesse avant de glisser dans la crevasse. Les enfants Grace repartirent en courant... et en espérant que les chiens ne réussiraient pas à franchir cet obstacle.

Ils déchantèrent. Le passage tournait sur lui-même. Quelques instants plus tard, ils se retrouvèrent sous les ramures métalliques de l'arbre de fer, enveloppés par les chants mécaniques des faux oiseaux.

Des chiens de métal jaillirent dans la pièce.

— Bon, et là ? demanda Mallory qui s'appuyait sur son épée, le souffle court. On va où ? On fait quoi ? Qui a une idée ?

— Pas moi, murmura Jared, épuisé et paniqué.

— Si on prenait ce chemin ? proposa Simon.

— On l'a déjà pris, et on s'est retrouvés ici, rétorqua son jumeau.

Les aboiements étaient surpuissants, à présent. Les chiens avaient repéré les enfants. Ils allaient les rattraper d'un instant à l'autre.

— J'y crois pas ! pesta Mallory. Les nains vous ont bandé les yeux quand ils vous ont amenés ici ? Non ? Alors, comment vous faites pour avoir oublié le chemin ?

— J'essaye de me le rappeler, protesta Jared, mais tu parles tout le temps pour critiquer. Je peux pas me concentrer !

Il donna un coup de pied rageur dans l'arbre de fer. Les feuilles frémirent. Les branches vibrèrent. Le tronc trembla. Un oiseau de cuivre tomba; son bec et ses ailes continuèrent de s'agiter à terre. Un bruit assourdissant s'éleva: on aurait dit un gong qui résonnait.

— Bien joué, ironisa Mallory. Moins discret que ça, tu meurs !

Une seconde plus tard, les chiens de métal jaillirent dans la pièce par plusieurs couloirs à la fois. Leurs corps articulés se mouvaient sans effort, donnant un sentiment de puissance. En un instant, ils cernèrent les enfants Grace. Leurs yeux grenat étincelaient.

— Grimpez ! cria Jared.

Il bondit sur une branche basse et tendit la main pour aider sa sœur. Simon s'agrippa au tronc de fer et se hissa. Mallory eut du mal à s'élever. Simon l'encouragea :

— Allez, Mallory !

La jeune fille serra les dents et réussit à monter sur une branche au moment où la mâchoire d'un chien se refermait sur elle. La créature n'eut qu'un bout de robe blanche à déguster ; et elle dut le partager avec ses compagnons ! Désespéré, Jared lança la pierre que lui avait donnée le tapoteur. Peut-être était-elle magique ? Elle passa au-dessus de la horde sans effet apparent, mais un chien se précipita vers elle… et la rapporta dans sa gueule en frétillant de la queue.

Jared n'en revenait pas :

— Simon… Je crois qu'il veut jouer !

Simon observa l'animal un moment, puis se laissa glisser à terre.

— Qu'est-ce que tu fabriques ? protesta Mallory. Ce ne sont pas de braves petits toutous !

— Ne t'inquiète pas, répondit le garçon.

Les chiens avaient cessé d'aboyer. Ils l'entouraient, le flairaient, semblaient se demander s'ils devaient le mordre ou pas. Simon ne bougeait pas d'un cil. Puis il dit :

— Gentils chiens… Vous voulez jouer ?

Il s'avança vers le chien qui tenait la pierre, et il plaça sa main entre les mâchoires de métal pour la récupérer. L'animal le laissa faire. Simon leva la pierre. Les chiens aboyèrent, ravis. Le garçon regarda son frère et sa sœur avec un sourire. Mallory secoua la tête :

— C'est dingue... C'est complètement dingue...

Simon lança la pierre. Aussitôt les chiens se jetèrent dessus. L'un d'eux la capta entre ses dents acérées et revint vers le garçon, très fier. Les autres le suivaient, leur langue d'argent pendante, prêts pour un nouveau défi. Simon se pencha et flatta leurs gueules de métal. Ensuite, il relança la pierre.

Au quatrième lancer, Jared annonça :

— Il faut qu'on y aille. Sinon, les nains vont nous retrouver.

— D'accord, répondit Simon, déçu.

Il lança la pierre le plus fort qu'il put, et les chiens coururent après.

— Vite !

Jared et Mallory sautèrent à terre. Avec Simon, ils filèrent vers la petite ouverture dans le mur et rampèrent à travers. Jared y laissa son sac à dos pour bloquer l'ouverture. Il avait à peine fini quand les chiens revinrent et entreprirent de s'attaquer à ses affaires.

Les enfants Grace s'avancèrent à tâtons dans l'obscurité. Cette fois, ils durent prendre un embranchement différent, car la route s'élevait beaucoup, ce qu'elle n'avait jamais fait jusque-là.

Bientôt, les enfants aperçurent au bout du couloir une lueur douce et chaude. Ils étaient au sommet de la carrière abandonnée. La rosée couvrait l'herbe rase. À l'est, le ciel était déjà rose : l'aube se levait…

« Que s'est-il passé ? »

Chapitre septième

Où l'on assiste à une trahison inattendue

— Je déteste les robes, gronda Mallory en observant ses habits avec dégoût. Que s'est-il passé ? Pourquoi je me suis réveillée dans un cercueil de verre ?

— C'est un mystère que nous n'avons pas résolu, reconnut Jared. Tu ne te rappelles rien ?

— Je rangeais mes affaires après la compétition. Quelqu'un m'a dit que tu avais des ennuis, et…

— Parlez moins fort ! intervint Simon. Et cachez-vous !

Il désignait la carrière. Les enfants Grace s'agenouillèrent près du rebord. Une horde de gobelins émergeait des grottes. Ils se dandinaient, faisaient grincer leurs dents et aboyaient en reniflant bruyamment. Derrière eux marchait un monstre gigantesque. Le colosse avait des branches mortes à la place des cheveux ; il portait d'antiques vêtements noirs en lambeaux.

Le Korting, ses courtisans et l'ensemble de ses sujets apparurent à leur tour, suivis par d'autres gobelins qui tiraient un chariot rempli d'armes brillantes. Un dernier groupe de gobelins surveillait un prisonnier. Celui-ci avait les mains attachées et un sac sur la tête. Jared lui trouvait quelque chose de vaguement familier sans comprendre pourquoi.

Avec des pics acérés, les gobelins

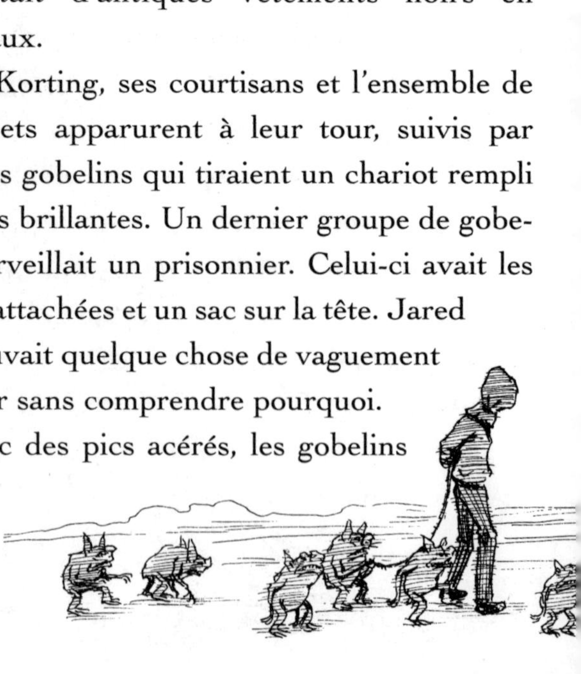

entraînèrent le prisonnier dans la carrière, à l'écart du monstre.

— Vous savez qui c'est ? demanda Mallory.

— Non, murmura Jared. Et je ne vois pas à quoi peut bien leur servir un prisonnier...

Le Korting s'éclaircit la gorge. Aussitôt, gobelins et nains se turent.

— Ô grand seigneur Mulgarath, déclara le Korting, nous vous remercions de l'honneur que vous nous faites en nous permettant de vous servir.

L'ogre s'arrêta et pencha sa tête massive vers les nains.

Il eut un sourire noir. Un sourire qui sentait mauvais.

Jared frissonna. Ce n'était pas la première fois qu'il entendait parler de Mulgarath[1]... Cependant, jusqu'alors, ce mot n'était qu'un nom de monstre parmi d'autres. Désormais, sa simple évocation susciterait une sainte terreur chez le garçon. Même si l'ogre ne pouvait pas le voir, Jared sentait ses yeux noirs balayer les environs. Il aurait aimé disparaître sous terre.

1. Lire, du même auteur, dans la même collection, *Le Secret de Lucinda*, t. 3.

La voix grave de Mulgarath retentit :

— Tout ce que j'ai exigé se trouve sur ce chariot ?

— Oui, bien sûr, mon seigneur, affirma le Korting. C'est un gage de notre loyauté et de notre fidélité à votre nouveau régime. Vous ne trouverez pas de plus belles lames, pas d'armes mieux forgées. J'en mets ma tête à couper.

— Vraiment ? dit l'ogre en tirant le faux *Guide* de Jared de sa grande poche. Et cela… Mettrais-tu ta tête à couper que c'est le livre que je désirais ?

Le seigneur des nains hésita :

— J'ai fait comme… comme vous l'aviez demandé…

L'ogre brandit le livre et ricana. Ce ricanement glaçant, Jared le connaissait. C'était celui qu'avait émis son double en disparaissant.

« Tuez-les ! »

— Tu as été dupé, seigneur des nains. Peu importe. J'ai, moi, le *Guide* d'Arthur Spiderwick. Mon règne va pouvoir commencer.

Le nain s'inclina très bas :

— Vous êtes le plus grand, Votre Majesté.

— Je sais, grogna l'ogre, et vous n'êtes pas dignes de moi.

Il se tourna vers les gobelins, leva une main et cria :

— Tuez-les !

En un éclair, les gobelins semblèrent jaillir de tous les côtés à la fois. Certains se jetèrent sur les nains en brandissant les armes posées sur le chariot ; la plupart se contentèrent de les mordre au cou et de les lacérer avec leurs griffes et leurs crocs. Le temps que les nains comprennent ce qui leur arrivait, c'était trop tard. Les gobelins avaient déjà accompli leur sinistre besogne.

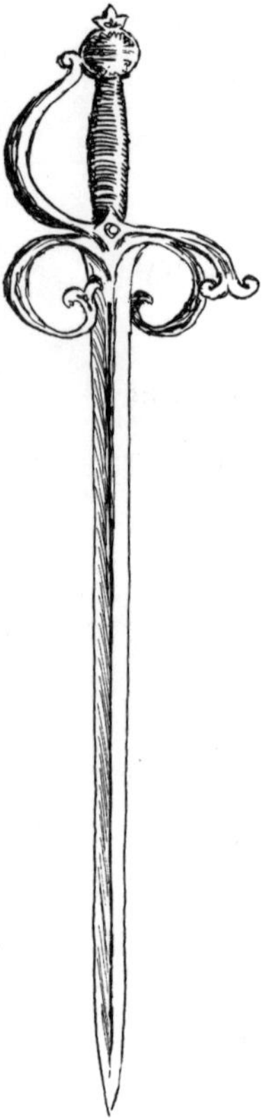

Jared se sentait mal. Il n'avait jamais assisté à un meurtre par le passé. Il avait envie de vomir.

— On doit faire quelque chose, souffla-t-il.

— Impossible, rétorqua Mallory. Ils sont trop nombreux.

Les yeux du garçon se posèrent sur l'épée d'argent, dont la lame reflétait le soleil levant. Mallory avait raison. Ce ne serait pas suffisant pour tenir tête aux créatures. Ils avaient déjà eu l'occasion de savoir à quel point ces monstres étaient redoutables[1]...

— Il faut qu'on explique à maman ce qui se passe, dit Simon.

1. Lire, du même auteur, dans la même collection, *La Lunette de pierre*, t. 2.

— Elle ne nous croira pas, répondit Jared.

Il s'essuya les yeux avec la manche de son sweat-shirt et essaya de ne pas regarder les corps sanguinolents qui gisaient en morceaux dans la carrière.

— Essayons quand même, trancha Mallory. L'heure est trop grave !

Et, tandis que dans leur tête résonnaient encore les hurlements des nains, les enfants Grace prirent le chemin du retour...

À propos de
TONY DITERLIZZI...

Né en 1969, Tony grandit en Floride et étudie le dessin et les arts graphiques à l'université. Il ne tarde pas à se faire remarquer comme dessinateur, grâce à *Donjons et Dragons*. Il écrit aussi des séries pour les lecteurs débutants, et illustre des auteurs vedettes, dont un certain J. R. R. Tolkien. Retrouvez Tony et son chien Goblin sur www.diterlizzi.com.

... et de HOLLY BLACK

Née en 1971, Holly grandit dans un grand manoir délabré, où sa mère lui raconte des histoires de fantômes et de fées. Auteur de poésies et d'un « conte de fées moderne » très remarqué, *Tithe*, elle vit dans le New Jersey avec Theo, son mari, et une étonnante ménagerie. Pour en savoir plus, rendez-vous sur www.blackholly.com !

Avis aux fées et gobelins en colère : malgré vos attaques, Holly et Tony travailleront d'arrache-pied pour raconter l'histoire de Mallory, Jared et Simon jusqu'au bout !

Jared, Simon et Mallory
Sont désormais au pied du mur.
Face à un ogre sans merci,
Le combat promet d'être dur !

Prendre le *Guide* et libérer
Le prisonnier ? Ce serait bien !
Mais, après cela, il faudrait
Stopper Mulgarath et les siens…

Contre l'ogre et ses gobelins,
Un seul être peut se dresser,
Moins fort, certes, mais plus malin !
Le connaissez-vous ? Qui sait…

Pour bien comprendre ce poème,
Lisez donc le livre cinquième !

LA COLÈRE DE MULCARATH
LIVRE DERNIER

Remerciements

Tony et Holly voudraient remercier
Steve et Dianna pour leur perspicacité ;
Starr pour sa franchise ; Myles et Liza,
qui les ont accompagnés dans ce voyage ;
Ellen et Julie, qui leur ont permis de passer du rêve
à la réalité ; Kevin, toujours enthousiaste,
pour la foi inébranlable qu'il a en nous ;
et spécialement Angela et Theo :
aucun superlatif ne saurait décrire la patience
dont vous avez fait preuve lors de ces nuits blanches
passées à parler sans fin de Spiderwick.

Cet ouvrage a été composé par
PCA - 44400 REZE

et achevé d'imprimer par
Normandie Roto Impression s.a.s.
61250 Lonrai
N° d'imprimeur : 062803
Dépôt légal : mars 2005

Suite du premier tirage :
janvier 2006

Imprimé en France

POCKET jeunesse

12, avenue d'Italie • 75627 PARIS Cedex 13

Tél. : 01 44 16 05 00